merlín

Os soños na gaiola

Manuel María

Ilustracións de **Xaquín Marín**

EDICIÓNS **XERAIS** DE GALICIA

X

GALICIA

Galicia

Galicia docemente
está ollando o mar:
¡ten vales e montañas
e terras pra labrar!

Ten portos, mariñeiros,
cidades e labregos
¡cargados de traballos,
cargados de trafegos!

Galicia é unha nai
velliña, soñadora:
¡na voz da gaita rise,
na voz da gaita chora!

Galicia é o que vemos:
a terra, o mar, o vento...
¡Pro hai outra Galicia
que vai no sentimento!

Galicia somos nós:
a xente e mais a fala
¡Se buscas a Galicia
en ti tes que atopala!

A muiñeira

Vella muiñeira,
alma de Galicia:
nacésnos no sangue
con forza e ledicia.

Leda muiñeira,
amor e canción,
¡rosa que se abre
na nosa paixón!

Forte muiñeira,
donosa e xentil:
¡ti has ser a danza
dun pobo baril!

¡Ti cantas, ti ris
en ledo ir e vir
das nosa raigañas
ao noso porvir!

Vella muiñeira,
en nos vivirás
¡denantes, agora
e pra endexamais!

O MUNDO

O sol

O sol chámase Lourenzo
e é un señor moi finchado
que está no alto do ceo
todo o día rebrillando.

Vai vestido de marelo,
leva chaleque encarnado.
Moi seguro de si mesmo
a súa calor nos vai dando.

O sol chámase Lourenzo
e é un señor moi sinalado.
¡Se non fora polo sol
estaría o mundo xeado!

Só o sol manda no ceo,
moi solemne, moi barbado.
¡As súas barbas son os raios
con que nos vai alumando!

A estrela sen nome

Eu sei dunha estrela
perdida nos ceos,
irmá dos meus soños
e dos meus anceos.

A estrela rebrilla
cando miro pra ela
cos ollos abertos
e ollada sinxela.

Eu sei que esa estrela
perdida na noite,
se quizais lle falo,
quizais ela escoite...

Eu sei dunha estrela
cal outra non vin:
¡se eu ollo pra ela,
ela olla pra min...!

¡Eu sei dunha estrela!
¡Coa estrela eu soñei:
se ten nome ou non
é o que non sei...!

A Lúa

A señora Lúa
inda está solteira.
¡A señora Lúa,
a Lúa lueira!

A Lúa lueira,
a señora Lúa:
¡ten gana de troula
e quere ir de rúa!

¡E quere ir de rúa,
de troula ir quería,
que sente morriña
e melancolía!

A señora Lúa,
a Lúa rueira,
como anda de noite,
sempre está tristeira.

Sempre con tristura
e melancolía
que anda pola noite
e dorme de día.

Que a señora Lúa
co Sol quer casar.
¡E ándao buscando
sen podelo achar!

A señora Lúa,
a Lúa tristeira:
¡se non dá co Sol
quedará solteira!

O arco da vella

O arco da vella
no ceo subido
co seu colorín,
co seu colorido.

O arco da vella
con sete colores
que teñen, no ceo,
beleza de flores.

O arco da vella
no ceo chantado
co seu colorín,
co seu colorado.

O arco da vella
é un arco triunfal
con sete guerreiros
que a ninguén fan mal.

O arco da vella
de luz feito é.
¡Resulta un milagre
que siga de pé!

O mar

Ti nunca viches o mar
cos seus berros bruadores,
coas súas escumas de prata,
cos barcos e os pescadores.

—¿Ti nunca viches o mar
a tecer a destecer
ondas azues que van
á praia mansa morrer?

—¿E ti non sabes que o mar
é unha inmensa longura,
auga e ceo, ceo e auga,
maxestade e fermosura?

—¿Ti nunca viches o mar?
¿E sabes que non repousa?
—¡Se nunca viches o mar
non viches ningunha cousa!

O río

O río pasa correndo,
non se para con ninguén.
O río canta prás cousas
e canta pra min tamén.

¡O río canta prás arbres
paxareiras da ribeira!
¡O río canta prós prados
e prás nubes viaxeiras!

A todos di o seu cantar
con escuro e claro son.
¡A todos di o seu cantar
anque llo escoiten ou non!

Non lle preguntes ao río
a onde vai, de onde vén.
¡O río pasa correndo!
¡O río non se entretén!

O río pasa correndo,
nunca deixa de pasar.
¡Vai dicindo a súa canción
e non se pode parar!

O vento

O vento e o seu alento
é cousa que non se ve.
¡O vento ten un misterio!
¡O vento un misterio é!

Ás veces é un murmurio,
un sopro maino de brisa,
solermiño, arrolador,
semellante a unha sorrisa.

Ás veces o vento zoa,
poderoso, ameazante:
¡leva lousados e arbres
coa súa forza de xigante!

O vento tolo, na noite
corre, brúa, berra, brama:
¡eu a escoitalo, medroso,
acochadiño na cama!

O vento pasa bruante
con forza de xigantón.
¡Eu sinto por el respecto
e sempre lle chamo DON!

AS COUSAS

Campás

Ergue, meu neniño,
ergue, lacazán,
que as campás xa tocan
con ledo din-dan.

—¡Ledas campaíñas,
xa tocando están
que chegou a ialba
chamando á mañán!

—Tocan as campás
e andan a falar
cousas moi fermosas
por todo o lugar.

—¡Falan as campás
con voz de metal:
o seu canto voa
dende o monte ao val!

—Érguete, meu neno,
porque o campaneiro
deixa de tocar
se eres preguiceiro!

—As ledas campás
xa non tocarán.
¡se eres preguiceiro,
se eres nugallán!

O meu barco

Teño un barco de xoguete
e nel me quero embarcar.
Polos mares dos meus soños
¡quen me verá navegar!

Navegarei por mil ríos,
sete mares hei cruzar.
¡No meu barco de xoguete
cansarei de viaxar...!

¡No meu barco de xoguete,
mariñeiro e capitán...!
¡Non teño medo ao trebón
nen me asusta o furacán!

¡O meu barco de xoguete!
¡O meu barco moito val:
verei terras, verei illas,
verei mares de coral...!

¡Andei por todos os mares!
¡Xa cansei de navegar
co meu barco de xoguete
sen saír do meu fogar!

O muíño

O muíño roula, roula.
O muíño é roulador:
¡Volve as augas do regato
en murmurio cantador!

O muíño, roula roula
e non deixa de roular
¡e coas augas do regato
o rodicio fai cantar!

O muíño é cantador.
O muíño é canatreiro:
¡volve notas musicais
as ondiñas do regueiro!

O muíño moe e moe;
nunca deixa de moer:
¡que as ondiñas do regato
con cancións o fan mover!

O ourizo

Co seu ouro vello, mol
o ourizo ouriceiro
toma o sol
no bico dun castiñeiro.

Tal un señor moi mandón:
no bico dun castiñeiro
o ourizón
toma o seu sol moi riseiro.

O ourizo está moi ledo
coa súa casa ben pechada
—¡ouh, que medo!—
de espiñas toda cercada.

Quer botar unha risada
e os seus dentes arregaña
case un nada:
¡e xa fuxiu a castaña...!

O chifre

Eu teño un chifre chifreiro.
Eu teño un chifre chifrón,
tan chifrador e algareiro
que a todos chama a atención.

Eu teño un chifre chifreiro
que mo mercaron na feira.
¡O seu alegre asubío
resoa na aldea enteira...!

Eu dou ordes co meu chifre,
ando a ordenar con chifrazos:
—¡Que florezan as roseiras,
que chíen ben os paxaros...!

—¡Que maduren as cerdeiras,
as figueiras e os mazairos!
¡E que veñan ben cargados
de xoguetes os Reis Magos...!

—¡Teño un chifre de verdade!
¡Teño un chifre verdadeiro!
¡Non quero chifres de palla
nen de casca de salgueiro...!

O foguete

O foguete sobe ao ceo
coma un raio
Perde forza e cae ó chan
nun desmaio.

¡O foguete chega ás nubes!
¡Que bravura!
¡Que de estalos! ¡Que ruído!
¡Pouco dura!

Mais a cana do foguete
cae de plano.
¡Que aguillada de xoguete!
¡Que galano!

POOM

A fouce

A fouce brilla e rebrilla
cando está ben afiada.
A súa brancura escintila
coma se fose de prata.

Corta silvas, corta herbas,
sega o trigo e o centeo.
¡A súa feitura recorda
a lúa que está no ceo!

—Neno. ¡Non toques a fouce!
¡Non toques a súa folla fría!
—¡Non toques a fouce, neno,
que a fouce te cortaría...!

O arado

Labrado da miña mau
fixen, coa miña navalla,
un aradiño de pau...

Leva temón e chavella
¡e unha rella furadora
feita dunha lata vella!

Ten orelleiras; rabela
tan luída e rematada
¡que namora mirar pra ela!

O meu arado é tan feito
¡que pode mesmo esfender
labradíos a barbeito...!

¡Teño xa que darlle estreno
ao meu arado arador,
ao meu arado pequeno...!

¡E non sei a onde hei de ir
buscar os bois que preciso,
buscar os bois pra xunguir!

O tractor

O pai arou os seus eidos
co vello arado román:
co vello arado de pau
os fillos non ararán.

¡Eu hei de ser tractorista!
¡Co meu tractor tractoreiro
erguerei a miña meda
e encherei o cabaceiro...!

¡Co meu tractor hei arar,
sementar e recoller...!
¡Farei sucos como fíos
que han de ser cousa de ver!

O meu tractor tractoreiro
terá forza de xigante:
¡nen cen parellas de bois
lle porán o pé diante!

O carro

Teño un carriño cantor,
teño un carro cantareiro
¡con fungueiros afiados
e con eixo de amieiro!

O meu carro canta ben,
non pode cantar mellor.
¡Meu carriño cantareiro,
meu carriño cantador!

O meu carro canta, canta;
nunca cansa de cantar.
¡De día cántalle ao sol;
de noite, canta ao luar!

Ouh, meu carriño cantor:
cantas agora e despois.
¡Con que fachenda te leva
a parelliña de bois...!

O bolo

A nai vai cocer.
E fará un bolo.
¡Un bolo ha facer!

Un bolo pequeno,
un bolo boleiro
pra acalar o neno.

¡Aquí está o piorno
—a nai xa amasou—
pra roxar o forno!

O bolo que digo
non é de centeo
que é de pantrigo.

¡Levará un burato
o bolo, no medio,
pra meter un rato!

Ai, ¡que me escachizo;
que non é un rato,
que é un chourizo!

¡Un chourizo enteiro
no medio do bolo
pró neno larpeiro!

¡Un chourizo bon
no medio do bolo
pró neno lambón!

¡O bolo boleiro,
o chourizo bon:
pró neno larpeiro,
pró neno lambón!

HOMES,
NENOS E NENAS

Labrego

Toda a miña xente
de labregos foi,
xunguidos á terra
con xugo de boi.

Meu pai é labrego,
tamén meus avós:
¡pasaron a vida
tripando terróns...!

Meu pai é labrego,
labrego naceu,
¡e labra nos eidos
traballando a treu!

Meu pai é labrego,
labrego naceu.
¡Meu pai é labrego
sen terra de seu!

Meu pai é labrego
labreguiño eu son.
¡Pasarei a vida
xunguido ao terrón!

O soñador

Quixera ser muiñeiro
pra me enfoular de fariña.
¡Levaría branca a pucha,
non cobraría a maquía!

Eu quixera ser ferreiro
e o ferro ardente forxar.
¡Cun martelo nunha man
petaría sen parar!

Quixera ser mariñeiro,
mariñeiro e pescador:
¡tería un barco veleiro
e unha dorna con motor!

Quixera ser fogueteiro
e, nas festas patronais,
¡tirar foguetes, foguetes
de estalos fenomenais...!

E se eu fose canteiro
faría un pazo sen igual:
¡o pombal había de ser
o salón máis principal!

¡Mais son un pobre gaiteiro,
mais son un gaiteiro pobre!
¡Quéimame o sol no agosto;
móllame a choiva, se chove!

Un pobre gaiteiro eu son,
pequeniño e soñador.
¡Teño por mestre de música
o merlo máis cantador!

O afiador

Anda o afiador na aldea:
¡o seu subiote sentín!
Anda o afiador na aldea
¡aínda que eu non o vin!

O chifre de sete notas
é solermiño e levián:
¡ten a limpeza da aurora,
tristura ten de serán!

Anda o afiador na aldea
o oficio a pregoar,
¡con sete notas no chifre
e a súa roda de afiar!

Afía brosas e fouces
coitelos... ¡o que salla!
¡Eu quero, nai, que me afíe
as tesouras e a navalla!

¡Quero ollar o afiador
darlle á roda moi ergueito
a roda ceiba muxicas,
sementa chispas a eito...!

¡O afiador co seu chifre
éncheme de señardá...!
¿De onde vén o afiador?
O afiador, ¿a onde irá?

A festa do patrón

É a festa do patrón
agardada o ano enteiro.
¡Se a banda está tocando,
está calado o gaiteiro!

¡Son as festas do patrón!
¡As campás a repicar!
¡Foguetes de sete estalos
polo ceo a retumbar!

Todo o pobo está no adro
que é a festa do patrón.
¡E San Xoán vai moi ufano
presidindo a procesión!

¡É a festa do patrón!
¡É a festa de San Xoán!
¡Bailan os mozos e as mozas!
¡Moi ledos todos están!

¡É a festa do patrón,
do patrón do meu lugar!
Todo é hoxe diversión
e mañá, ¡a traballar!

Xogos

Non quero xogar ao feito
e tampouco irei aos niños.
¡Non quero facerlles mal
aos coitados paxariños...!

—¡Non quero xogar ás bólas
nen ver roular o peón!
¡Tampouco quero correr
dando couces a un balón!

—¡Non xogarei ao escondite,
nen a xustiza e ladrós
anque eu sexa o capitán
e teña o mando dos bos!

—¿Dime a que queres xogar?
Dime, neno, o teu anceo.
—¡Quero ter un avión
pra percorrer todo o ceo!

O lume novo

Hoxe é o lume novo,
noite de San Xoán.
¡As ledas fogueiras
acesas están...!

¡Que gusto, rapaces,
saltar as fogueiras,
dar brincos, rebrincos,
e pinchacarneiras!

¡Que gusto, rapaces,
correr e saltar,
dar brincos e pulos,
volver a brincar!

¡Que gusto, que ben
saltar as fogueiras
coas chamas subindo,
medrando lixeiras!

Á mañá, o borrallo
terase apagado...
¡E sobre el despacio,
pasará o gando...!

¡Pasará o gando
tripando o borrallo
pra que non o pille
o mal do meigallo!

Pastor

Eu vou ao monte co gando
dun canciño acompañado.
Nos meus días de pastor
¡que cousas teño soñado!

Teño soñado que as nubes
son un fato ou un rabaño.
¡Os verlos esbrancuxados
semellan a la dun año...!

¡Soñei que os cornos da lúa
os cornos dun xato son!
¡Que son os cornos dun xato,
que son os dun boi marón!

¡Soñei que a auga do río
é un touro desmandado;
un touro que, pola forza,
nunca será domeado...!

Soñei que podía xunguir
ao meu carro de xoguete
un par de gatos que teño
moi bravos, case monteses.

¡Moi lonxe, nos soños, fun!
Cando dos soños volvín:
¡o canciño compañeiro
xa estaba feito un mastín!

A boneca

A neniña está cosendo
un fermoso manteliño.
¡Dá puntadas e puntadas
nun branco anaco de liño!

A neniña está cosendo,
a neniña está bordando:
¡en cada puntada súa
un soño vai apreixando!

A boneca é unha espiga
de maíz, con pelo loiro.
¡A boneca hai que vestila
que non pode andar en coiro!

A neniña é moi probiña.
¡Cose, cose no ourelo,
á boneca hai que poñerlle
o seu fermoso mantelo...!

¡A bobeca é moi fermosa,
máis fermosa non a hai!
¡A boneca fai de filla
e a neniña fai de nai...!

A roda-roda

Están en corro as neniñas
formando unha roda-roda.
E cantan esta canción
que nunca pasa de moda:

—Polo fondo do mar,
matarilerile;
polo fondo do mar,
matarilerón
vai voando unha sardiña
cunhas alas de latón.

Están no corro as neniñas,
roda que te rodarás.
Están no corro as neniñas
cantando ao mesmo compás:

—Polo fondo do mar,
matarilerile;
polo fondo do mar,
matarilerón
vai voando unha sardiña
e nadando un avión.

A tarde xa vai caendo
e as nenas xa cansaron.
¡As súas voces algareiras
coma os paxaros voaron!

ANIMAIS

O meu año

Teño un año branco
como outro non hai.
¡Teño un año branco
que quedou sen nai!

Vén comigo ao prado
e ao monte tamén.
A onde quer que eu vaia
el comigo vén...

Sempre vén comigo,
sen min non se afai.
¡Eu son seu amigo,
que quedou sen nai!

El comigo brinca
e eu xogo con el,
¡Meu añiño branco,
meu amigo fiel...!

El comigo xoga:
¡moi mansiño é!
E sei o que fala
cando me di: *¡meé...!*

Bolboreta

Raio de luz, bolboreta
que voas de flor en flor:
¡non che me engada o teu voo,
que me engada a túa color!

¡Non che me engada o teu voo,
nen teu ar de soñadora!
¡A gracia da túa color
é o que a min me namora!

¡Engádame a túa color,
metade noite e aurora,
as túas antenas delgadas
e ás túas alas voadoras!

Bolboreta, vidro feble,
que voas polo xardín:
¡semellas, bolboretiña,
unha dona de postín...!

Caracol

Caracol, col, col;
caracol, caracoleiro:
¡pon os teus cornos ao sol
xa que eres tan frioleiro!

Ao lombo levas a casa,
caracol, caracoleiro:
¡e deixas cintas de seda
engalanando o carreiro!

Caracol, col, col;
caracol, caracolón:
¡pon os teus cornos ao sol
ao sol os teus cornos pon!

A Pita Choca

A señora Pita
leva a súa rolada
coma unha señora
moi señoreada.

—Pío, pío, pío...
Cada pío un choro.
¡Os pitiños pían
en piante coro!

Moi señoreada
—e a roupa mendada—
vai a Pita Choca
levando a niñada.

—Pío, pío, pío...
¡Con piar inquedo
pían os pitiños
porque teñen medo!

Baixo da Galiña
os pitos nun fato
todos en rolada
¡que vén o miñato!
—¡Non hai pío, pío,
non hai pío, pon,
que no alto ceo
voa o miñatón!

A Vaca

A señora Vaca
traballa sen tasa,
mantén a súa cría,
dá leite prá casa.

A señora Vaca
non dá descansado,
tira polo carro
e arrastra o arado.

A señora Vaca
ten a color teixa,
sófreche en silencio,
pero non se queixa.

A señora Vaca
vai do monte ó prado
e do prado ó curro
con ar resignado.

A señora Vaca
é humilde e mansa:
¡non sei que misterio
na súa ollada cansa!

¡Non sei qué misterio
ten nos ollos quedos
que semellan feitos
de noites e medos!

O meu burriño

¡Arre, corre,
meu burro trotón,
meu burriño manso,
meu burriño bon!

—¡Corre meu burriño;
non galopes, voa!
¡A ver si lle gañas
ao vento que zoa!

—¡Arre, meu burriño,
que es un preguiceiro!
¡A ver se lle gañas
ao vento lixeiro...!

—¡Corre, meu burriño,
nos cascos pon ás!
¡Se queres, o vento
deixarás atrás...!

—¡Arre, meu burriño!
¡Corre máis deprisa!
¡Que se perde o vento
xa verás que risa...!

A lebre

Corre, lebre; corre, lebre,
e fuxe pró teu burato
onde te está agardando,
con impaciencia, o lebrato.

—Corre, lebre; lebre, corre,
que te segue o cazador
coa súa escopeta cargada
e o seu galgo corredor.

—Corre, lebre; lebre, corre,
corre que te correrás,
¡que se lle foxes ao galgo,
do cazador librarás...!

O galo

Eu teño un galo galeiro,
boa crista e bon esporón.
¡O meu galo é fachendoso,
arriscado e pelexón...!

Eu teño un galo galeiro,
que ten a crista encarnada,
polainas con media branca
e peituga colorada.

Eu teño un galo galeiro,
fanfarrón e presumido.
¡Anda con paso seguro
e co corpo moi erguido!

Eu teño un galo galeiro,
que ten plumaxe marelo.
¡O seu porte de señor
ó mesmo sol pon recelo!

Eu teño un galo galeiro
que me desperta ao mencer.
¡Cando canta, no poleiro,
téñenlle que obedecer...!

Señor Gato

Señor Gato:
atención;
no rincón
hai un burato;
no burato
está o rato
caladiño,
acochadiño,
sen falar
nen respirar.

—Seños Gato,
pon sentido,
que metido
no burato
está o rato.

—Señor Gato:
está o rato
no burato
do rincón:
¡ten nun puño
o corazón!

—Non dubido,
Señor Gato
bigotudo,
que está o rato
no burato.
Ten as unllas
afiadas,
cravuñadas,
preparadas:
bule axiña
que se non
Señor Gato
bigotón,
¡do burato
foxe o rato!

O Lobo

Vén o señor Lobo
—¡que medo, neniño!—
polo monte abaixo
¡e asusta o camiño!

Trae lume nos ollos;
nos dentes coitelos
tan ben afiados
¡que dá medo velos!

¡Que dá medo velos;
arrepío ollalos...!
¡Vén o señor Lobo
con instintos malos!

Anda paseniño
con pasos calados.
Años e ovellas:
¿estarán gardados?

Vén o señor Lobo
con paso seguro:
¡a luz dos seus ollos
fura no escuro!

Escóitase lonxe,
perdido entre matos,
no fondo do monte,
oular de lobatos.

Chega o señor Lobo.
A súa ollada fría:
¡pon os pelos dereitos,
o sangue arrepía...!

O sangue arrepía,
o corazón xea:
¡está o señor Lobo
venteando a aldea!

O grilo

O grilo canta no lar,
tamén canta na campía.
¡Canta co sol queimador
nas horas do mediodía!

¡O grilo tan pequeniño
coas alas tan delicadas,
co seu traxe de cor moura
e as súas antenas delgadas!

Eu teño un grilo algareiro
que só che come leituga
e, pra cantar e cantar,
¡se vises como madruga!

O meu grilo cantador
é mellor que o que tes ti:
¡cando o teu dá dito: «*crí...*»
o meu xa dico: «*cri crí...*»!

PAXAROS

O Corvo

Grazna o señor Corvo,
mouro e agoreiro,
na xeada fría
do mes de xaneiro.

Grazna o señor Corvo
con graznar inquedo:
¡a súa voz é un agoiro
que nos mete medo!

Mouro como a noite
é o señor Corvo.
¡Máis mouro que a noite
o seu berro torvo!

Grazna o señor Corvo,
¡mete medo velo!
¡E o seu graznido
semella un coitelo!

¿Semella un coitelo
a cortar o vento,
a cortar as cousas
e mais o contento!

Grazna o señor Corvo
con graznar maldito.
¡Non lle teño medo
que me importa un pito!

O Merlo

O señor Merlo larpeiro
na ponla mais alta está.
¡Está subido á cerdeira
e, dela, non baixará!

Está come que te come,
non ten trazas de parar.
¡O señor Merlo larpeiro
sen cereixas nos ha deixar!

O señor Merlo lambón,
o señor Merlo larpeiro,
¡coa inchente que colleu
ten rebentado o peteiro!

—Ai, home: ¿non tes vergoña?
¡debes de estar a estoupar!
Coa inchente que colliches,
¿como has de poder cantar?

O carrizo

O carrizo, carriceiro;
o carrizo, carrizón.
¡O carrizo pequeneiro
do tamaño dun botón!

O carrizo fai o niño
moi redondo, ben lousado.
¡O carrizo pequeniño!
¡O carrizo carrizado!

O carrizo fai a casa
ben lousada, ben cuberta.
¡E a choiva non a pasa
anque ten a porta aberta!

¡O carrizo, carriciño!
¡O carrizo, carrizota!
¡O carrizo fai o niño
semellante a unha pelota!

O escribente

Agachado nunha frouma
moi espesa e verdecente
sei dun niño de paxaro
que se chama o escribente.

Ten tres ovos moi pequenos.
Ten tres ovos nada máis.
Son tres ovos moi fermosos.
Son tres ovos. ¡Nin un máis!

Teñen liñas como letras
que semellan escrituras.
¡Unhas liñas misteriosas
con palabras moi escuras!

O que din eu non o sei,
gustaríame saber:
¿serán cousas, serán letras
que os paxaros poden ler?

Anduriñas

Guiada da man dun soño
a Primavera chegou.
¡E todas as anduriñas
no ceo azul convocou!

Todo é voar e voar
e andar daquí pra alá.
¡Todo nun ir e nun vir
dende aquí deica acolá!

¡Voan pra riba, pra baixo!
¡Van ao alto, van ao fondo!
¡Voan en liña seguida,
en picado e en redondo!

Anduriñas en concello,
sobre dun poste pousadas.
¡Que de palabras secretas
e razós apaixoadas...!

Pazpallár

Pazpallár que cantas ledo
no centeo floreado:
¡milagre que lle dás voz
á luz do maio emaiado!

Pazpallár: eu só escoito
o teu cantar no verán.
No inverno, as túas cancións,
meu pazpallár, ¿onde están?

¿Onde van as túas cancións
cando chega o tempo frío?
¡É que chas tapan as néboas?
¿Tómache a voz o resío...?

Se non oio o teu cantar
estou tristeiro, moi soio.
¡Dime ónde estás, pazpallár,
e non te fagas o tolo...!

O cuco

Canta, cuco, ou cala, cuco:
eu en ti xa non che creo
desde sei que vas poñer
o teu ovo en niño alleo.

Desdeixado e preguiceiro,
tan só pensas en folgar.
¡Soamente dis dúas notas
e xa tes que descansar!

¡Canta, cuco, ou cala, cuco,
preguiceiro, nugallón:
a min pouco che me importa
que esteas cantando ou non!

O pardal

O pardal é moi humilde.
Moi humilde e pobretón.
¡Sempre anda pía, pía
sen dicir unha canción!

O pardal é moi humilde
e anda sempre mal vestido.
¡E non ten porte fermoso
nen vistoso colorido...!

O pardal é moi pobriño:
nunca sae de viaxe.
¡O pardal é tan pobriño
que non ten senón un traxe!

O pardal viste de gris,
o pardal viste cincento.
O seu tiste pío, pío,
¿non ten aires de lamento?

As pegas

Está a pega vella,
coma unha señora,
riba dun ramallo
cantando a deshora.

A pega carniceira,
vestida de loito,
quixera merengue,
quixera biscoito.

A pega carniceira
biscoito non ten
¡e come a carniza
que non cheira ben!

A pega carniceira
chama á rebordá.
¡Cando unha graznea
di a outra; «*gra, gra...*»!

ÍNDICE

Colección MERLÍN

Títulos publicados

DE 9 ANOS EN DIANTE

O rei de nada e outros contos (4ª edición),
de Sabela Álvarez Núñez

A historia da buguina (2ª edición),
de Xaquín Agulla Pizcueta

Cepillo e outros contos,
de Pere Calders

O gato Bógar,
de Miguel Vázquez Freire

O armario novo de Rubén (5ª edición),
de Xabier P. Docampo

A formiga coxa (6ª edición),
de Marilar Aleixandre

Xiganos e anantes (2ª edición),
de Manuel Antonio Pina

Os soños na gaiola (10ª edición),
de Manuel María

A nena de ouro (3ª edición),
de Ursula Heinze

O espello (2ª edición),
de María García Yáñez

O avión de Cangas (2ª edición),
de Darío Xohán Cabana

Contos para rapaces pillabáns,
de Jacques Prévert

As aventuras de Guauguau,
de Silvia Gaspar

A fantástica viaxe de Sabela,
de Euloxio R. Ruibal

O milagre das estrelas,
de Darío Xohán Cabana

Sempre Cristina,
de Ursula Heinze

O gaiteiro e o Rato Pérez (2ª edición),
de Bernardino Graña
Premio Merlín, 1993

Chamizo (6ª edición),
de Fina Casalderrey

Polo correo do vento,
de Aquilino Iglesia Alvariño

Ondas de verde e azul,
de Ana Mª Fernández

O home que non quería soñar,
de Álvaro Magalhães

Cantarolas,
de Anisia Miranda e Xosé Neira Vilas

Estas rapazas chegarán moi alto,
de Xosé Cermeño

Viaxe de ida e volta (4ª edición),
de Ánxela Loureiro

A aventura das cores,
de Concha Blanco

Un porco e unha vaca xa fan zoolóxico (2ª edición),
de Paula Carballeira

A princesiña Socorro, o trobeiro Carolo e o demo dos cornos,
de Gloria Sánchez e Miguel Vázquez Freire

Matapitos.com (3ª edición),
de Gloria Sánchez

Contos para levar no peto (2ª edición),
de Marilar Aleixandre, Fran Alonso,
Xosé A. Neira Cruz, Antonio Reigosa

Aníbal quere encoller (2ª edición),
de Oli

A rebelión dos coellos máxicos (2ª edición),
de Ariel Dorfman

Un,
de Christine Nöstlinger

A contar ovellas,
de Elvira Pérez

¡Mamasiña, que medo!,
de Chus Pereiro

A encontadora (2ª edición),
de An Alfaya

Tres capitáns de tempos idos,
de Antón Avilés de Taramancos

A praia da esperanza (3ª edición),
de Agustín Fernández Paz

A marabillosa medicina de George (2ª edición),
de Roald Dahl

Álvaro e Álvaro (2ª edición),
de Xosé Miranda

Lorenzo Varela. Biografía e Antoloxía,
de Carlos L. Bernárdez

Fantasmas no corredor (2ª edición),
de Agustín Fernández Paz

Tarzán de goma,
de Ole Lund Kirkegaard

Roseira do teu mencer,
de Xosé María Álvarez Blázquez

Lía e as zapatillas de deporte (2ª edición),
de María Reimóndez

Sopa de marsopa,
de Isabel Freire

Palabras brancas,
de Elvira Riveiro Tobío

Restaurante Farruco,
de Chus Pereiro

A profesora Ripaldi,
de María Alcañiz Lorenzo

Mar adiante,
de María Victoria Moreno